KB265130

# 맨해튼의 염소

미래시선 122
**맨해튼의 염소**

찍은 날 · 2002년 10월  1일
펴낸 날 · 2002년 10월 10일

지은이 · 기영주
펴낸이 · 임종대
펴낸곳 · 미래문화사

등록 번호 · 제3-44호
등록 일자 · 1976년 10월 19일
주소 · 서울시 용산구 효창동 5-421
전화 · 715-4507 / 713-6647
팩시밀리 · 713-4805
E-mail · miraebooks@com.ne.kr
　　　　　mirae715@hanmail.net

ⓒ2002, 미래문화사
ISBN 89-7299-238-0

정가 · 5,000원

# 맨해튼의 염소

기영주

미래시선 122

미래문화사

# 사색과 서정이 오가는 메아리

고원 ‖ 시인·비교문학박사·라번대학교수

기영주 선생의 시집이 나온다. 무척 반갑고 기쁜 일이다. 기 선생과 나는 1995년에 문학의 만남을 처음 가졌었고, 실제 악수를 하기는 한참 뒤였다. 그 후로 내 마음속에는 이 의사 시인에 대한 기대가 커가는 중에 미국 시인 윌리암 칼로스 위리암스와 가끔 연결되기도 했다. 이 시집은 여러 면으로 깊은 관심을 불러일으킨다.

독자는 여기서 개성이 강한 시인의 독특한 시편들을 대한다. 뉴욕 맨해튼에 서 있는 염소의 모습을 먼저 상상해 보면 좋다. 지금까지 못 보던 시도가 선명하게 펼쳐질 것이다. 안쪽과 바깥, 그리고 세계로 머리와 가슴이 여행하는 신기한 시간이 열린다.

기영주 선생은 내과 전문 가정의사다. 이 사실과 그의 시 사이에 어떤 연관이 있지 않을까? 의사도 시인도 최대의 관심사는 인간이다. 인간은 복잡하고 위태로우면서도 귀하고 아름다운 존재다. 그 존재의 의미를 찾으면서 이 의사 시인은 오래 전부터 철학의 세계에 몸을 담아 왔다. 그는 철학자이기도 하다. 그의 시가 이끌어 가는 3차원의 구도 앞에서 우리는 경이로운 발견을 감각하게 된다.

이 시인이 선택하는 언어는 비교적 평이한 편이다. 이러한 말들이 상상, 영상, 심상 등을 만나서 여과되는 중에 핵분열, 핵분해 작용을 일으킬 때 엄청난 힘을 발산한다. 바다, 산, 구름, 별, 가을의 강, 꿈꾸는 흙, 보리밭, 도마뱀, 개미, 허수아비, 땅거미, 높은 곳, 낮은 곳, 생활 주변의 만물이 이 시인의 눈에 닿기만 하면 놀라운 변화를 일으킨다. 그렇게 번성한 생명을 우주의 숨결이라고 불러 보자.

바로 그 숨결의 이동 속에 기영주 선생이 지닌 시의 역할이 출렁거린다. 그런 출렁거림을 타고 서정과 사색이 서로 메아리를 주고 받는 〈빈방〉이라는 시 한편을 보기로 하자.

'빈방이 있어/손님들이 쉬어 가곤 했는데' 이렇게 설정된 '방'의 상황에 변화가 생긴다. '언제부턴가/부서진 가구/플라스틱 통/쓸모 없는 물건들로/그 방이 가득 채워져/지금은 빈방이 없다'

비었을 때 따뜻했던 방이 지금 딱딱한 물건들이 가득 차서 싸늘해졌다.

여기 또 하나 다른 차원의 변화가 들어선다.

'내일이라도/손님이 올지 모른다/오늘은 밤을 새워/쓸모 없는 물건들을 버리고/방을 비워야 한다'

노자(라오쓰)의 '방'이 이 꽉 막힌 방을 비워 줄 모양이다. '가방 1·2에도 '방'과 '채움'에 대한 사고 체

험이 비슷하게 형상돼 있다.

　시인은 〈바람의 색깔〉에서 나무들의 가지를 흔들며 지나가는 바람의 색깔을 보면서 푸르다는 것과 파랗다는 것의 차이를 생각한다.

　'바람은 푸른색이기도 하고/파란색이기도 합니다/……/푸름과 파랑 사이로/물비늘 반짝이는 강이 흐릅니다'

　푸름과 파랑 사이 이런 인식론적인 관찰은 자연풍경과 마음의 풍경 여러 곳에서 자연의 생성, 변화, 전개와 인간이 하나가 되는 모습을 보여 준다.

　닥터 기의 사상과 서정에는 살과 피와 뼈가 있다. 생명과 삶과 사랑을 중하게 여기기 때문이다. 흐물흐물하지 않고, 야무진 서정이 쇳덩어리 같지 않게 부드럽고 유연한 사상과 잘 얼릴 때가 많다.

　모순, 감동이 땅속에 묻혀 있는 〈보리밭〉에서 인간애가 작열하면서 뿜어나는 빛을 보자.

　'보리밭으로 가서/찢겨진 지각을 밟고/언 손 서로 잡고/노래하리라/긴 겨울밤의 참혹함을'

　삶을 다루는 의사 시인은 죽음을 똑같이 중요시한다. 개미 한 마리의 죽음이라도 그냥 넘어갈 수가 없다. 그래서 시인은 '흑인/백인/낯선 사람/때로는 노래하는 사람도 지나는/다리가 되고 싶다'고 간절한 소망을 고백한다.〈다리가 되고 싶다〉

　이쯤에서 내 얘기는 끝내야 할까 보다.

　지금 이 자리는 내가 시집 전체를 분석하고 해설하는 데가 아니기 때문이다. 담담하게, 혹은 잔잔하게

흐르는 성숙한 사색의 강물을 독자가 강가에서 바라보
는 정서와 함께, 보기만 하지 말고 스스로 물속에 뛰
어들어 잠겨 있거나 헤엄을 치는 게 좋다.
　기영주 선생의 첫 시집 출간을 우정 어린 진심으로
축하 드린다. 시인의 영광을 누리기 바란다.


2002년 7월
고원

1950년대에 《학원》이라는 잡지가 있었습니다.

시가 무엇인지도 모르면서 몇 편을 써서 학원에 응모한 적이 있었습니다. 그때부터 근 50년간 시를 좋아하며 살았습니다. 여러해 전부터 시집을 출판하려고 했으나 여러 가지 사정 때문에 이제야 빛을 보게 되었습니다. 제목을 《맨해튼의 염소》로 정해 놓고 있었으나 9·11 사건이 일어난 뒤로는 맨해튼이 너무 유명해져서 《바람이여 노래여》라는 제목도 생각해 봤습니다만 원래대로 출판하기로 했습니다.

미국에 첫발을 디딘 곳이 맨해튼의 콘크리트 바닥이었습니다. 맨해튼을 떠난 지가 이제 30년이 되어 가지만 그때의 힘들었던 삶이 어제의 일인 듯 눈에 선합니다. 맨해튼은 나에게 제2의 고향입니다. 현대문명의 온갖 추악함을 갖고 있는 도시이지만 나는 맨해튼을 사랑합니다. 사람을 양과 염소로 나눈다면 나는 늘 염소였습니다. 고층 건물들 사이의 일방 통행로에서 길을 잃은 염소의 모습이 지금 나의 눈에 보이는 듯합니다.

　좋은 시를 쓰고 좋은 시집을 내고 싶었습니다. 첫 시집을 내면서 두려운 마음을 금할 수 없습니다. 문학 공부가 부족했고, 무엇보다도 좀더 괴로워했어야 한다는 생각이 들기 때문입니다. 다만 한 편의 시라도 누군가의 가슴에 닿고 나의 시가 그의 시가 되어 준다면 나의 수고가 헛되지 않으리라고 스스로를 격려하며 나의 첫 시집을 세상에 내어 놓습니다.

　고국을 떠나 살았기에 홀어머니를 모시지 못했습니다. 어머니의 사랑을 만분의 일이라도 갚기를 바라면서 이 시집을 어머니께 바칩니다.

2002년 7월

기영주

# 차례

# 1 · 순례자의 노래

# 어머니의 손

평소에 잘 웃으시고
날마다 외출하시고
행복하다고 하시는데
주무시는 모습이 슬퍼 보이는구나

흰머리카락 밑으로
주름 많은 얼굴
작은 두 손과 굽은 등
가냘프고 쓸쓸한 모습
험한 세상 살아오며 겪었던
그 많은 상처와
잃어버린 것들에 대한 아픔
야윈 몸 구석구석에 배어 있구나

두 손을 잡아 본다
따뜻하다
추운 겨울 내 언 손을 감싸 주시던 손
어머니
내일이면 저는 떠납니다
이생에서 어머니의 손을
몇 번이나 더 잡아 볼 수 있을는지

# 풍금 소리

가을날 오후에 부는 바람은
파아란 하늘색
들에서 불어와도
숲에서 불어와도 파아란 하늘색

탱자울타리 밑에서 잘 들리던
파아랗게 내 어린 가슴 물들이던
풍금 소리
초가을 햇빛 아래
코스모스 꽃잎들
가냘프게 가냘프게 흔들리고 있었다

지금도 내 가슴속에 남아 있는
풍금 소리
가을 하늘보다 더 파아란 바람

# 조용한 슬픔

맨해튼의 작은 공원에 와서
바닷바람에 떨고 있는 꽃들을 보면서
마음이 순하고 어린 너를 생각한다

이따금 고깃배가 떠다닐 뿐
쓸쓸하던 바다
너는 그 바닷가를 날마다 지나다니겠지
바다를 보고 있으면
분노가 조용한 슬픔으로 변한다고 하더니
아 얼마나 서러우니

나도 오늘은 온종일 바다를 보고 있다
물비늘 가득한 바다에 해가 저물고
노을이 조용한 슬픔으로 번지고 있다

# 이제 가을이 오고

비행장 출구 유리창에 얼굴을 대고
너는 소리 없이 울고 있었는데

나는 웃으며 떠났다
이기심이 가득한 뱃속에 소주를 부어 넣고
타국의 유행가를 부르다가
어떻게 우는 얼굴로 떠날 수 있었겠니
먼 나라에 와서야 혼자 울었다

검은 구름이 덮고 있는 도시에서
나는 이름 없이 살고 있다
아무도 나의 이름을 부르지 않는다
타국에 유랑하는 사람은 이름을 고국에 남겨 두고
부운 발로 이국의 거리를 떠돈다

이제 서리 내리는 가을이 오고
아 나는 돌아가야겠다
나의 이름이 있고 눈물이 있는 고국으로
가을에는 돌아가야겠다

# 귀향歸鄕

고향은
언제라도 돌아가면 된다

산을 넘고
강을 건너고
들길 멀리 가다가
바람 많이 부는
바다 끝에 가서
더 갈 수 없으면
이제는 반겨줄 사람 없고
나누어야 할 이야기 없어도
고향은
그냥 돌아가면 된다

# 가을에 다녀온 고향

고목은 베어졌고
까치 날지 않는
산비탈에는 잔풀들이 말라 가고
밭과 밭 사이 오솔길에는
코스모스가 넘어진 채 피어 있었습니다

조그만 방죽 뚝에는
오리 몇 마리 떨고 있었고
닫혀져 있는 사립문들을
바람이 와서 흔들고 있었습니다

삼거리 주막집 토담 무너졌고
마당을 쓸던 노파가 허리를 쉬고 있었습니다
인사를 해도 알아듣지 못하고
"작년부터 문 다다쓰라우" 하며 돌아섰습니다

강으로 나가는 언덕
노송 높은 가지에
찢겨진 연이 바람에 부대끼고
연 날리던 옛친구들의 웃음소리도
나뭇가지에 걸려 있었습니다

돌아가는 강변에는
저무는 해가 갈대 위에 은색으로 누워 있었고
먼 산 위에 구름 몇 점
천천히 떠나고 있었습니다

# 다시 떠나야 한다

함박눈이 쏟아져 내린다
허전해 주머니에 넣었던
두 손을 꺼내 내민다
하얀 날개를 접은 눈들이 손을 적신다

젖은 손들을 모아 얼굴을 감싸면
분명히 나타나는 길들이
눈을 뜨면 보이지 않는다
잃어버린 것들을 찾을 수가 없다

그 여름 뜨겁던 사랑은
차고 순수한 수정이 되어
고향을 떠나 어딘가 떠돌고 있다
상실의 아픔이여

나의 순례는 끝나지 않았다
부운 발로 다시 떠나야 한다

# 바람 많이 부는 날

바람 많이 부는 날에는
산 위에 올라
먼 들을 봅니다
오래 앉아 있다가
그냥 내려옵니다

불러야 할 노래 없는 날에는
거리에서 고함치다가
쓰러져 버리고도 싶었지만
피워야 할 꽃이 있고
맺어야 할 열매가 있다 하셨기에
들판에 나가 목 놓아 울었고
산 위에 올라
먼 들을 보았습니다

지금은 분하지 않아도
외롭지 않아도
바람 많이 부는 날에는
산 위에 올라
먼 들을 봅니다
먼 들을 보려고 산에 오릅니다

# 가방 · 1


군 복무 마치고
가방 하나 들고 뉴욕에 와서
서툰 영어로 열심히 살았다

그때는
이사도 쉽게 다니고
친구들도 자주 만나고
걱정 없이 살았다

지금은
가진 것이 많다
얼마나 애써 모았던가
얼마나 갖고 싶던 것들인가

보기에 좋은데 들여다보면
가진 것마다
욕심과 걱정을 달고 있다

욕심을 떼어내고 싶어 집어들고 보면
그 하나 하나에
내가 단단히 붙어 있다

가방 하나 들고
이사 다니던 시절이 그립다
욕심과 걱정이 가방 하나에만 담겨 있던
아 그 젊은 시절

# 가방 · 2

가방 하나에다
여권과 고국에 돌아갈
여비를 넣어 놓고 살았다

아들 둘 딸 하나 키우며
이사를 자주 다니다가
언제 버렸는지
지금은 그 가방이 없다

"아들딸 사는 나라를 떠나
어디로 가겠다고
지금도 그놈의 가방을 찾느냐"고
그래 맞다 내가 속 없지

그래도 마음 한구석에는
그 가방이 남아 있고
푸르디 푸른 하늘에
새들이 자꾸 날아오른다

# 졸업식에서

많이 컷구나
졸업식에 와서 보니

힘들었던 날들을 견디고
파도처럼 밀려오던 유혹과 시험들
가슴으로 부딪치며
너는 힘차게 자랐구나

함께 있어야 할 때
"오늘은 바빠, 내일 시간 내야지"
운동 시합이 있을 때
"오늘은 안 돼, 다음 시합이 언제지"
그 많은 내일이 오늘까지 미뤄졌고
이제는 다음 시합이 없구나

이제 먼길을 떠나야겠지
타관 땅에 벗꽃 피는 봄이면
누구와 어깨 나란히 하고 걸을까?

떠나거라 힘들어도
너의 길로 가거라

# 그림자

그 많은 밤들
조용한 숨결로 내 곁에 남아
아침을 기다려온 너 없이
밝은 빛 아래 나 혼자 나가면
나는 방황하는 유령

땀에 젖어 먼길 돌아올 때면
지팡이가 되어
따라만 오더니
이제 앞서 가며
자꾸 커지는구나

내 마음에는 가지가 많아
가지마다 무수한 잎들
바람이 불면 몹시 흔들리고
나의 그림자
얼마나 어지러웠을까

서리 내린 이마 아래 부서지는 시간의 아픔과 슬픔
긴 강이 되어 흐르는구나
생각하면, 나도 너의 그림자
우리는 서로의 그림자이구나

# 가을 강


오십견을 앓고 나더니

청동 거울 속에 앉아
흰머리카락 뽑아 들고
눈가의 잔주름 흔들며

뜨거운 여름 햇볕 아래서
자라던 것들의 기억이 남아 있는
들녘 저쪽으로 흐르는 강에
꽃잎 띄어 보내며

그대 소리 없이 웃고 있구나
가을 강 깊이 흐르는
눈동자
꿈꾸는 섬 하나 떠가고 있다

지난여름에 그랬듯이
그 맑은 강물에 뛰어들어 헤엄치고 싶다
떠돌다 지치면
그 섬에서 잠들고 싶다

그대 손짓하는 하늘에

가을 강 흐르고
노을이 번지고 있구나

# 허수아비

헛것이 사람의 옷을 입고
살아온 세월
부끄러움은 없습니다
가슴을 활짝 펴고
머리와 척추를 곧게 세우고
들판을 지켰습니다

노을 붉은 저녁
추수가 끝난 들판에 서서
야윈 들짐승의 울음을 삼키며
바람에 찢어진 옷을 붙잡고 있습니다

한번쯤 훨훨 타고 싶은 소망 저버리지 못하고
허수아비
겨울 들녘에 서서
눈비를 맞고 있습니다

# 노래를 남기고 싶다

하얀 입술로 떨며 부르는
가슴 아픈 노래가 아니다

그냥 잊어도 좋을 사소한 이야기들
여기저기 머물다 빛 바래고
바람에 쓸려가다가

먼 훗날
그대 혼자 창가에 앉아 있을 때
문득 노래가 되어 돌아올
우리들의 대화

그대의 영혼 깊은 곳에 그려질
한 폭의 그림 같은
노래를 남기고 싶다

# 순례자의 노래

키큰 가로수 아래 쉬고 있으면
무성한 잎들 흔들리는 하늘에
근심 걱정 머물다 떠나갑니다

피난 보따리 들고 떠돌아다니느냐고요
셋방살이 머슴이냐고요
아니지요, 바람 먹은 염소입니다

길에도 주인이 있나요
그런 길은 가지 않겠어요
밤마다 꿈꾸고
아침마다 미지의 길로 떠납니다

바람은 늘 서쪽에서 불어오고
바람이 되어 더 멀리 떠돌아다녀도
내 길은 고향으로 가고 있습니다

나는 순례자
내 자신의 노래 부르며
고향으로 가고 있습니다

# 내 고국의 산


어머니는 흰옷 입고
곡식자루 머리에 이고
나는 학생모 쓰고
보따리 등에 짊어지고
힘겹게 넘어가던 붉은 황토산

고개 너머에도
산정에도
떠나가던 하얀 구름

타박 타박 피곤한 발등에
붉은 먼지 쌓이면
쉬어 가던 등 굽은 소나무 그늘

빼빼 마른 나무들 사이
푸르디 푸른 하늘을 보고 있으면
쓸쓸히 불어가던 바람 소리

남가주의 산에 올라
태평양을 아득히 보고 있으면
수평선에 나타나서 다가오는 붉은 황토산

흰옷 입은 사람들 고개를 넘고
솔바람 소리 들려온다
가서 오르고 싶어라
내 고국의 산

# 2 · 바람의 색깔

# 날마다 똑같은 세상을 삽니다

밤마다 꿈꾸고
날마다 똑같은 세상을 삽니다

어느 밤엔 우주선을 타고
이승과 저승을 날아다니고
다른 밤엔 디오니소스의 신전에서
광란의 춤을 추고
다음날엔 세상에 돌아와
똑같이 삽니다

아침에 일어나 부지런히 출근하고
저녁에 돌아와 신문을 읽고
아내와 일상사 이야기하고
나는 누구인가?
아흔아홉 개 가면을 벗고 보면
남은 것은 나 아닌 것뿐
나는 없는데

밤마다 꿈을 꾸고
날마다 똑같은 세상을 삽니다

# 다리가 되고 싶다

흑인
백인
낯선 사람
때로는 노래하는 사람도 지나는
다리가 되고 싶다

인적이 그친 밤
바람
눈
비를 맞으며
천년을 기다리는 고독이어도 좋다

흰구름 씻고 가는 강물에
그리움도 욕심도 다 흘려보낸 뒤에
맑디 맑은 마음만 남아
먼길 오시는 님을 기다리는
다리가 되고 싶다

# 구름 · 1

언덕에 누워 하늘을 본다
구름은 변덕이 심하다

흰 치맛자락 펄럭이며
웃다가 울고 울다가 웃고
날개 저으며 먼 하늘로 날아가고 나면
또 한 무리 몰려와
웃으며 울며 훨훨 춤추며
그리움 남기고 산 너머 먼 하늘로 떠나간다
하루 종일 구름이 떼지어 하늘을 지나간다

아무리 푸르다해도
구름 없는 하늘은 얼마나 무료할까
변덕이 심한 구름이 좋다

# 구름 · 2

구름은 바람 위로 떠도네
아무리 검고 무거워도 바람 위로 지나가네

나는 높이 뜬 하얀 구름을 사랑하네
깊은 호수에 잠기기도 하고
산 너머 먼 하늘로 떠나가는 구름을 사랑하네

저 구름 멀리 떠돌다가
찬바람 만나면 비가 되어 땅에 내리고
강물 되어 바다에 이르고
파도로 떠돌면서 절벽에 부딪쳐 부서지고
깨어지면 오히려 거센 물결로 깊이 흐르고
짠 소금물 되어 한생을 살다가
어느 날 문득 바람에 밀려 하늘에 올라
파란 바람 위로 떠돌아다닐 것이다

나는 높이 뜬 하얀 구름을 사랑하네
파란 바람 위로 떠도는 구름을 사랑하네

# 도마뱀

기어가다가
잠깐 멈춰 쉰다
무슨 생각을 하나

바다에 가본 적 없고
버스를 타고
시내를 돌아다녀 본 적도 없고
시장에서 사람들을 만난 적 역시 없는데
갑자기 무엇이 생각났을까

풀밭을 기어다니다가
나무 그늘에서 벌레를 잡아먹는다
뒤뜰에서 이리저리 돌아다니며
가끔씩 무엇인가 생각도 하고
도마뱀은 그렇게 일생을 사는 거겠지

# 오렌지

바닷바람 부는 언덕
팜트리 아래서
너를 껴안는다

향기에 취해
어지러운 눈을 감는다

옷을 벗기고
너의 몸을 먹는다
나는 이제 나그네가 아니다

안개 걷힌 언덕과 골짜기를
너와 함께 걷고 있다

# 흐린 바닷가에서

바위 절벽이 없고
외로운 돌섬도 없어
파도 밀려왔다 그냥 돌아가는
갈대만 흔들리고 있는
바닷가에서
오렌지를 먹는다

혈당이 낮아 어지러운 오후에
흐린 바닷가에서
오렌지를 먹는다

# 연鳶 · 1


바람이 와서
내 가슴을 채우면
나는 하늘 높이 떠오른다

7월의 바닷가에서
연인들이 노래 부르는 언덕에서
나는 더 높이 날았다

나는 멀리 떠나고 싶어
먼 광야에까지
날마다 떠돌고 있다

# 연鳶 · 2

강과 숲 위로
때로는 해안선을 따라서
높고 멀리 날아갈 때면
기쁨이 가슴에 가득 찬다

기쁨의 절정에 있는 팽팽한 긴장
누군가 연줄을 잡고 있다
연줄의 끝에 매달려 가슴에 바람을 채우는
비상飛翔은 운명을 사랑하기 때문이다

바람과 함께 더 멀리 떠나고 싶어도
줄이 끊어진 연의 아픔을 나는 안다
모든 줄이 끊어진 피아노의 건반을
나는 밤새도록 두드린 적이 있다

나의 생애는 연속된 비상과 추락
어느 날 그가 줄을 잡아당기어
연을 움켜잡을 때까지
나는 팽팽한 긴장을 유지하고 싶다

바람아 불어라
모든 비상이 끝날 때까지
나는 너를 가슴에 가득 채우고 있겠다

# 빈방

빈방이 있어
손님들이 쉬어 가곤 했는데

언제부턴가
부서진 가구
플라스틱 통
쓸모 없는 물건들로
그 방이 가득 채워져
지금은 빈방이 없다

내일이라도
손님이 올지 모른다
오늘은 밤을 새워
쓸모 없는 물건들을 버리고
방을 비워야 한다

# 비 온 다음날

어제는 수백만 대의 차에서 내뿜던 매연
천만의 시민들이 토해 낸 거친 말들
시궁창의 고인 물에 썩고 있던 햇빛
이 모든 것들이 올라가서
검은 구름 되어 하늘을 가리웠는데

오늘은 푸른 가로수 눈부시고
채소밭 너머 하늘이 눈부시고
제방을 넘칠 듯 흐르는 강물이 눈부시다
지나가는 차들이 눈부시고
지나가는 사람들이 눈부시다

죄와 슬픔이 많은 내 유랑의 길에도
오늘은 기쁨이 가득하고
버림받은 것들 눈이 부시게 타고 있구나
살아 있는 것들의 아름다운
빛과 색깔이여

비가 온 다음날
나의 눈에 맑은 햇살 가득 고이고
하늘과 지상이 젖은 채로 눈부시다

# 흙의 꿈

화분에 담아 놓은
인조흙 닳아지는 소리에
잠을 깨면
자라나는 플라스틱 꽃나무
꽃들이 피어난다

애초에 흙과 자갈로 된 길들
시멘트 바닥 아래 질식하고 있다
길과 길이 이어지는
관절은 이미 굳어 있다
푸른 길에 대한 기억이 생생해지는
오후 세 시를 태양이 지나가면
바쁜 발들이 서로 부딪치며
시멘트 바닥 위에 넘어진다

오늘 밤에는
플라스틱 꽃나무 자라고
인조흙 닳아지는 소리를 들으며
먼길 떠나는
푸른 광야를 꿈꾸리라

# 뼈에는 이름이 없다


사막에서 말라 가는
하얀 뼈를 보고 있다

도둑이었을까
장사꾼이었을까
아니면 순례자였을까

사람이 죽고 남기는 것은
뼈뿐인데

껍질이 없어지면
이름이 남지 않는구나

# 안경점에서

유리창 옆 진열대 위에
꽃이 활짝 피어 있다
파리 한 마리 날아와 꽃 위에 앉는다

나는 파리채를 오른손에 꽉 움켜쥔다
오른손에는 늘 살의가 있다
살생을 말아야지
파리채를 버려야지
그냥 쫓을까
차별하지도 말아야지
파리인들 꽃을 좋아하지 않겠는가

파리가 날아간 뒤에도
나는 파리채를 꽉 쥐고 있다
오른손은 무엇이건 잡으면
놓지 않으려고 한다
버려야지 하면서도
예쁜 안경을 때리고 싶어한다

파리가 앉았다 날아간 뒤에도
유리창 옆 진열대 위의 꽃
활짝 핀 채로 웃고 있다

# 보리밭

보리밭으로 가서
찢겨진 지각을 밟고
언 손 서로 잡고
노래하리라
긴 겨울밤의 참혹함을

희미한 빛 가슴에 안고
산기슭 돌아오는
이른 새벽을 노래하리라

체념이 아닌
운명에 대한
사랑을 노래하리라
가장 추운 밤이라도
우리는 노래하리라

찢겨진 지각을 밟고 서서

# 잔盞

<br>

        1
친구여 한 세기의 배반자여
잔을 가득 채워라
우리들의 죄와 슬픔을 위하여
잔을 높이 들어라

        2
잔은 칼과 같은 것이어서
한밤중에 가득 부어 마시면
가슴에 비수로 꽂힌다

창씨 개명한 사람아
발이 부은 사람아
우리들의 운명을 사랑하기 위하여
독한 술을 마시자

        3
잔은 꽃과 같은 것이어서
밤새워 모든 잔을 비우고
불같은 영혼의 노래를 담아 물가에 갔다 놓으면
한 세기를 꽃피울 바람이 불어온다

친구여 지구의 끝까지 온 유랑자여
잔을 높이 들어라
다시 피어날 붉은 꽃을 위하여
모든 잔을 비우자

지순至純한 노래

오늘은
사막에서 바람이 불어와
먼 산들이 가까이 다가오고
그대 가신 날 그랬듯이
파아란 하늘에
흰 낮달이 떠 있습니다

이런 날엔
꿈꾸지 않고
번민하지도 않고
가슴을 비워서
지순한 노래로 채우고 싶습니다

# 바람의 색깔

산으로 둘러싸여 있는 강촌에서
낡은 의자에 앉아
나무들의 가지를 흔들며 지나가는
바람의 색깔을 봅니다

푸르다는 것과 파랗다는 것은
흔들리는 길이의 차이거나
가라앉는 깊이의 차이일 뿐
바람은 푸른색이기도 하고
파란색이기도 합니다

부드러운 것이 가슴에 스며드는
늦가을 오후
샛길의 버드나무에 기대 서면
푸름과 파랑 사이로
물비늘 반짝이는 강이 흐릅니다

# 3 · 바람이여 노래여

# 떠나는 날을 위하여

유월이 오고 흰 구름 높이 뜨면
사랑하는 사람에게
여정을 말해 두어야지
이웃에 진 빚 갚고
오래 보지 못했던
얼굴들을 찾아보아야지

이별은 하나의 맺힘
조용히 미소를 남기자
겨울 나뭇가지에 머무는
메마른 말들을
하나하나 풀어야 하는
여행은 운명에 대한 사랑

비오는 밤에 들을 지나고
석양에 눈 덮인 산을 넘어
살얼음 풀리는 강가에 이르면
정과 운명에 대한 노래를
그리운 사람에게 띄워야지

오늘은 가방을 다 비우고
헌옷 한 벌과 땀 냄새를

유월의 밀밭에 가득한 태양과
사랑하는 이의 살 냄새를
그리고 친지들의 주소록을 담아야겠다

# 사막에 길이 있더라

태고 이래로 뜨거운 태양이
작은 풀까지 태우고
모래 바람 불어가는 사막에도
사람이 지나간 흔적이 남아 있더라

모래에 파묻힌 발자국
끊어질 듯 길게 이어 가는 길을 보았다
깨진 유리그릇 플라스틱 컵
모래 속에 절반쯤 파묻힌 비닐 봉지
뜨거운 태양과 모래 바람을 견디고
사람이 지나간 자국으로 남아 있더라

어디로 가다가 이 길 위에 머물렀을까
사막에도 길이 있더라
슬픈 역사가 흘러간 길이 있더라

# 간이역에서

멀리 떠돌면서
누군가 부르던 노래
누가 불러도 되는 노래
그런 노래만 부르며 살다가

내 마음 빈혈을 앓고
이제는 기차가 정거하지 않는
간이역에서
겨울비를 맞고 있습니다

황폐한 거리에서는
개나리나 진달래를
원정의 마음을
노래 부를 수가 없습니다

불모의 땅에 씨앗으로
뿌려져야 할 나의 노래는
눈과 비에 젖어도
언 땅에서도 싹을 내야 합니다

# 유형지流形地의 노래

갈림길에서도 선택이 없었다

강을 따라 흐르는 아름다운 풍경
배를 띄워 바다로 나가고 싶었다

여권이 없는 사람들에게는
열풍이 황토 먼지를 불태우는
유형지로 가는 길뿐

황량한 벌판 흙먼지 속에 묻히는
해와 달
언어를 빼앗긴 사람들
이름을 지키기 위하여 피와 땀을 흘리고
하늘을 우러러 키워 온 분노

이제는 저녁노을 붉게 타는 눈으로
분노도 슬픔도 잠재우며
아들에게 물려줄 이름을 노래 부른다

# Tres Octubre*

거친 바람과 잔인한 태양
오래 퇴색한 집들
짓다만 교회당 뒷마당에
쌓아 놓은 벽돌과 자갈들
바람이 불 때마다
모래와 먼지가 불길처럼
거리를 휩쓸고 지나간다

두 개의 법칙이 칼날을 세우고
미친 영혼들이 날뛰던 시대
총칼에 무찔린 가슴들과
잘려 나간 팔들이 지켜온 땅
백년의 세월이 비껴간 뒤에
허허벌판 모진 바람만 불고
비탈에 선 나무들
뿌리를 내리지 못하고 있구나

눈빛 형형한 사람아
비를 비는가
검은 구름 몰려오라고 빌자
잔풀들 말라 가는 땅에 비를 빌자
그리하여 이 땅에 다시 강이 흐르고

나무들 뿌리를 내리게 하자
길 모퉁이에 서 있는 유칼립터스
메마른 잎들을 떠나보내고 있다

*Tres Octubre는 Mexico의 작은 도시의 이름. 정부의 탄압과 교회의
착취에 항거하는 무장봉기가 일어난 10월 3일을 기념하기 위하여 도시
의 이름을 Tres Octubre라고 했다고 한다.

# 오화까Oaxaca*에서

마야를 정복하고
그 폐허 위에 세웠던
거대한 성당이 지금은 버려져 있다

한때는 견고했을 대리석 건물
지붕이 없어진 지 오래되었고
벽마저 무너져 내린 잔해 속에
성모의 석상이 넘어져 있다
덥고 습한 바람이 불고 있다

*Oaxaca는 Mexico에서 가장 가난한 주인데 정부와 Catholic에 대한
원주민의 반항이 강하다.

# 붉은 광장에서

긴 하루가 저무는 붉은 광장
예루살렘의 사원에서처럼 노을이 붉다

버려진 망치와 누군가를 죽였던
총알들 굴러다니고
영웅들의 무덤가에 있는 장군들의 초상
바람에 위태롭게 흔들리고 있다

영웅들의 피로 세운 깃발
군화발에 짓밟혀 버려져 있는데
아이들이 깃발을 사모하며 노래 부르는
거리의 성당에서 종이 울리고
붉은 광장에는 밤이 오고 있다
길고 추운 밤이 오고 있다

한 세대나 두 세대의 긴 밤들이 지나고
위대한 이념의 세계가 신기루였음을
아무도 기억하지 않는 날
영웅들이 다시 와서
피와 눈물로 얼룩진 깃발을 세우리라
새로운 이념을 위하여
다시 한 번 뿌려질 피의 아픔이여

자작나무 숲에 바람이 불고
붉은 광장에는 밤이 오고 있다

# 볼고그라드VOLGOGRAD*에서

대학으로 가는 넓은 거리에
깃발이 펄럭이고 있다

반년의 처절한 전투
수백만의 사상자와 초토화된 도시
그날의 승리는 누구를 위한 것인가
전쟁의 잔인함을 죽은 자 말고
누가 안다고 말할 수 있는가
그날의 영광은 깃발로만 남아 있구나

침묵하는 볼고그라드여
망각의 볼가강이여
수백만의 병사들이 흘린 피 붉게 흐르던 강
지금은 차고 푸른 물로 흐르는구나

노을진 볼가강이 아름답다
슬픈 역사가 흘러갔기에 더욱 아름다운가


*Volgograd는 구 USSR의 Stalingrad로서 2차 세계대전 때 수백만의
 사상자가 있었다.

# 칼미키아Kalmykia*에서

중앙 아시아의 건조한 바람 불어
엘리스타의 거리는 먼지 자욱하더라

내 손을 잡은 칼믹 사람들의
맑고 생기 있는 눈 속에
말들이 달리는 몽고의 넓은 초원을 보았다
잠시 뒤에는 그 맑고 생기 있는 눈 속에
깊이 흐르는 슬픈 강을 보았다

정복자로 왔다가 피지배자 되어
슬픈 세월을 살았더라
어찌 패배가 그들만의 것인가
잠시 머물렀다 떠난 먼 나라 황막한 땅에
내 마음 한 끝을 묻어 두고 왔다

*Kalmykia는 러시아의 자치국으로 국민의 대부분이 몽고족이다.

# 자작나무 숲

자작나무들이 숲을 이루어
거리들과 광장을 지나
도시를 에워싸고 있다
강을 건너 평원으로 달리던
바람, 도시로 돌아와
나무들을 흔들고 있다

붉은 노을 숲에 머물고
숲속의 작은 농가에서
늙은 부부가 자작나무로
탁자를 만들고 있다

피묻은 군화 소리 사라진
거리의 맨 끝
보이지 않는 성당의 종탑에서
내일 새벽 종소리 울릴 때
일어나야 한다며
아이들이 잠자리에 들고 있다

# 산들이 울고 있습니다

땅이 흔들려 무너지고
산들이 울고 있습니다

거리마다 쌓여 있는 주검들 위에
시퍼런 빛깔들
쇠와 쇠 부딪치는 소리

이제 이후로는 아무도
밝은 태양을 볼 수 없으리
하늘이여 차라리
검은 구름으로 가리우소서
천둥과 번개
폭풍우 속에 모여
분노를 키우리니

오래 사모하던 땅에 얼룩진
부조리
시퍼런 빛깔들

하늘은 어둡고
산들이 울고 있습니다

1980년 5월

# 양지리로 가려네

경원선이 38도선에서
허리가 잘리우기 전에는

서울에서 철원까지 기차를 타고
철원에서 금강산 가는 전철을 타고
십 리쯤 더 가서 내리면
농가 백여 호 양지리가 있었는데

집들이 있던 낮은 산자락에
찬바람만 불어 대는
이제는 허허벌판
마을 사람들의 웃음소리는 어디로 갔는가

잡초와 눈에 덮인 철길에 서면
휴전선 너머 먼 산봉우리들
흰 눈을 인 채 돌아앉아 있는데

빈 마을 터에는
아직 샘이 하나 남아 있더라
마시는 이 없어도
반세기를 넘쳐 넘쳐 흐르는 샘이 있더라

이천년 정월 초하루에는
눈비가 오더라도
나는 양지리로 다시 가려네

그 맑은 샘물 퍼 마시고 또 마시며
마을 사람들의 웃음소리 다시 피어날
꽃을 심으려네
길을 내고 꽃을 심으려네

# 허드슨 강가에서

울어서는 안 되는 이별이기에
바람도 여린 나뭇가지에 머물다 흔들림 없이 떠나는가
짠물이 스며드는 가슴은 자꾸 무거워져도
무심하게 헤어져야 하는구나
아득한 강에는 눈이 내리고 있다

여러해 전 칠월 어느 이른 아침
넓고 푸른 강이 차안으로 뛰어들고
천상의 강도 이렇게 아름다울 수 없다고 생각했다
나는 늘 깊은 강 바닥에 무거운 눈물로 흘러왔는데
그날 그대를 만나서 얼마나 기쁘게 자맥질했던가

내가 떠난 뒤에
내 영혼이 오래도록 그대 곁에
아름다운 노래로 남는다면
내가 어느 가난한 거리에서 쓸쓸하게 죽는다 해도
나의 생애는 행복한 것이 되리라

# 마이아미 강가에서*

모래사장도 없고
배 한 척 지나가지 않는
외딴 강가에서
지친 짐승의 노래를 부르고 있다

어찌하여 여기까지 흘러와서
세월이 머물렀던가
또다시 깊은 강물로 흘러야 한다

지난겨울
검은 숲에 바람이 무섭게 불고 있을 때
강가의 크리스마스트리
얼마나 나를 위로했던가

한 그루 수국을 심어 놓고
소낙비 지나간 들길로 떠나야 하리
훗날 나의 사랑하는 님이 찾아오는 날
송이 송이 탐스러운 꽃을 피워라

웃으실까
눈물을 흘리실까
얼마나 아픈 가슴으로 여기 머물렀는지 아실까

님이여 그냥 웃고 지나가시오

*마이아미 강은 오하이오에 있는 작은 강

# 죄와 슬픔 있어도

그냥 떠나면 된다
처마 끝에 머물다 가는 구름처럼

언덕에 혼자 서 있는
나무 스치는 바람과 친구 되어 걸어가다가
산기슭 풀밭에 눕기도 하고
가을 숲에선 낙엽에 떨어진 못다 끝낸 말들
주워 모아 불태워 하늘에 올려 보내고

가을비에 젖은 대합실 긴 의자에 앉았다가
떠난 뒤 소식 없는 사람들 떠도는
먼 도시의 거리들을 지나
검은 구름 몰려오는 겨울 바닷가에서
이제는 더 갈 수 없다 생각하고

돌아오는 길에 죄와 슬픔 있어도
여행은 그냥 떠나면 된다

# 빛 속에 살고 싶어라

빛이여
꿈꾸던 파아란 빛이여

은행나무 아래서 뒹구는
시월의 쓸쓸한 빛이여
가난한 거리의 조각난 빛이여

한때는 진한 남색 치마로
나를 껴안던 빛이여

아 빛 속에 살고 싶어라
죄와 슬픔 이기고
노래하며 살고 싶어라

# 바람이여 노래여

부운 발로 지나온
가난한 도시에서 불던 바람이여

자칫 상하기 쉬운 나의 생애를
여기까지 밀어온 바람이여

강가의 쓸쓸한 포구를
무심하게 불어가는구나

나 이제 의심과 탐욕을 강물에 보내고
사랑의 아픔을 노래 부른다

흰눈이 내려
갈색의 대지를 덮고 있다

봄이 오면 푸른 대지에
노래가 꽃처럼 피어나리

바람이여
가난한 시인의 노래여

4 · 겨울 바닷가에서

# 땅거미진 거리의 풍경

공사장 돌무더기 위에
한 여인이 앉아 있다
바람에 머리카락 날리고
회색 치맛자락 펄럭인다

한 소년이 울음 섞인 목소리로
‘엄마’ 부르며 지나간다
짧은 바지 밑으로 드러난 까만 다리
낡은 운동화를 끌고 간다

어두워 가는 하늘에
먼 산의 윤곽이 더 뚜렷해지고
새 한 마리
추억처럼 날아간다

갈 곳이 생각났는지
여인이 벌떡 일어나 보따리 집어들고
이미 어두워진 부두 쪽으로
절뚝거리며 사라진다

가로등도 없는 거리의 맨 끝
이제 어두워져 아주 쓸쓸해진

낙엽 하나를
바람이 쓸어 가고 있다

# 노인의 손

창을 열어도
방안으로 바람이 불어오지 않는다

노인이 기저귀를 밀어 내리고 있다
날마다 할 일이 참으로 많았는데
지금은 기저귀를 밀어 내리는 일밖에는
할 일이라고는 하나도 없다
잠 못 이루고 괴로워했던
번뇌의 불 꺼져 버린 가슴속에
그 무엇이 남아 있을까

한 장의 사진이 벽에 걸려 있다
그와 그의 아내와 자녀들
전쟁이 모든 것을 부수고 간 거리
고통 받으며 단단해진 힘찬 체격
정직하고 성실한 표정으로 그가 서 있다
그의 아내는 죽고 자식들은 어디론가 떠났다
아 그때는 얼마나 행복했던가

노인의 손을 잡아 본다
거친 손금을 따라가면 강이 흐른다
한평생 가정을 위해서 열심히 일했고

교회와 국가에 충성을 다했던
크고 야윈 손이 떨리고 있다
가슴에 달린 빛나는 훈장들
그는 이름을 귀하게 여겼던 사람

한 생애가 흘러간
긴 강의 다리 위에서
그는 떨리는 손으로
퇴색한 훈장들을 쥐고 있다

# 늙은 광대廣大의 초상肖像

덜컹거리며 거친 들 달려온
낡은 차 속에 광대가 앉아 있습니다
머리와 고개 한쪽으로 기울어 있고
김치— 하다가 비뚤어진 입
된장국 냄새 묻어 나오고
바람 많이 불던 언덕에서
부르튼 입술로 부르던
노래 등 뒤에 남아 있습니다

지친 눈동자 속에 갇혀 있던 고뇌
때때로 번득거리던 광기
이제는 깊이 가라앉고
연민 번져 가는 먼 강江,
마음속 빈집에서
이승의 죄와 슬픔 견디며
꿈꾸는 환생還生,
눈가의 실핏줄이 흔들리고 있습니다

늦가을 저녁 붉은 하늘에
커져 가는 귀
회색의 가면을 벗어 든
두 손이 젖어 있습니다

어두워 가는 거친 들
낡은 차 속에 늙은 광대가 앉아 있습니다

# 러시아에서 만난 김 노인

볼고그라드 근처의 한 형무소에서
종신 징역형을 살고 있는
칠십이 넘은 김 노인을 만났다
이야기할 때마다 깊이 패이는
얼굴의 주름살 흔들리고 있었다

네 살 때 아버지의 나라를 떠났다
그 뒤로 험한 세월을 살았다
부모님들은 "남도의 황토산"에 묻히고 싶어했는데
중앙 아시아의 모래언덕에 묻혀 있다
자신은 묻히고 싶은 나라도 없다고 말하는
김 노인은 고개를 숙이고 있었다

구소련이 붕괴한 뒤로 여기저기서 전쟁이 일어나
쫓겨서 여기까지 왔다
날마다 찾아와서 행패를 부리는 옆집 술주정뱅이를
총으로 쏘았다. 처자식의 생명이 위험해서 그랬는데
징역을 살고 있다는
김 노인은 울고 있었다

식구들은 타쉬겐트와 모스크바에 흩어져 살고 있다
요즈음은 북간도와 연해주에서 살던 시절을 자주 꿈

꾼다
　감옥 안의 작은 텃밭에 채소를 가꾸고 있다
　건강에 좋고 수입도 있다고 말하며
　알러지성 결막염을 앓고 있는 눈에서
　김 노인은 눈물을 닦아 내고 있었다

　그의 불행이 그의 운명이라고 말하지 말자
　민족이나 이념의 깃발들이
　얼마나 세차게 김 노인을 몰아세웠던가
　지금 그 깃발들은 어디에 있는가
　김 노인의 괴로움과 슬픔을 누가 나눌 수 있는가
　김 노인의 눈물을 닦아 줄 사람이 없더라

# 가슴이 비어 있는 사람

가슴에 커다란 구멍이 뻥 뚫려 있는 한 남자가 엘리
스타*의 공원에 앉아 있다
바람이 불면 모래와 떨어져 뒹굴던 나뭇잎들이 가슴
속을 지나가지만
그 속에서 신비하고 아름다운 노래가 울려 나온다

오랜 옛적에는 두 개의 태양이 밤과 낮 교대로 하늘
에 떠 있었다고 한다
강들은 바닥을 드러내고 풀들은 말라서 짐승들이 여
기저기서 죽어 갔다
몽고의 초원에서 살던 한 남자가 태양을 겨냥해 활을
쏘았다. 그중 하나가
떨어지며 그의 가슴을 불태웠고 지금도 그의 가슴은
텅 비어 있다
그는 산을 들어 그 태양을 묻어 두고 고국에 다시는
돌아가지 않았다

그 몽고인은 세상 끝까지 돌아다니며 노래를 부르고
다녔다고 한다
고국의 사람들이 그리워지면 파란 하늘을 가슴에 가
득 담아
아름답고 정겨운 노래를 구름에 띄워 고국에 보내곤

했다

　푸른 강물을 가슴에 담으면 노래가 강을 따라 흘러
바다에 이르고
　더러는 지하세계에 다다르고 떠도는 귀신들도 눈물
을 흘렸다고 한다


　그가 세상을 떠나기 전에 엘리스타*로 와서 날마다
노래를 불렀다고 한다
　어느 바람 많이 불던 밤 그는 사라지고 그의 조상彫像
만 남았다
　그 뒤로 사람들이 엘리스타의 공원에 와서
　자신의 가슴을 텅 비우고 슬픈 바람이 지나가게 내버
려두면
　그 몽고인의 아름다운 노래를 들을 수 있다


*엘리스타 : 러시아의 자치국의 하나인 칼미키아의 수도. 칼미키아는
　카스피해 연안에 있다.

# 토요일 아침 신문을 읽고

　　　　1

영웅이 되고 싶어하던 고등학교 학생이 쏜 총을 맞고
젊은 선생이 죽었다. 그가 마지막 남긴 말
"내 두 딸과 내 아내에게 내가 사랑한다고 전해 주시
오."

그와 그 가족이 잃어버린 시간들을 생각해 본다
즐거운 저녁식사들
주말과 휴일의 행복한 시간들
딸들이 10대가 되어 방황하거나 외로워할 때
함께 있어 줄 밤들
잔치를 하고 풍선을 띄우는 생일날들

한순간 모든 소리가 없어지고 깊은 정적 속으로
그와 함께 살아보지 못한 시간들이 사라졌구나
하나밖에 없는 생명을 장난하듯 쏘아 버리다니!

　　　　2

고국에 어머니와 아내를 두고 온
한 청년이 주유소에서 일하다가
강도의 총을 맞고 죽었다
한마디 유언도 못하고

그는 어머니와 아내에게 날마다 편지를 썼다고 한다
그 많은 편지에 얼마나 많은 노래가 있었을까
외롭고 고된 날들 내일을 위해 견디어 왔는데
내일이 없어져 버렸구나

하나밖에 없는 생명을
하루 저녁 마약 값을 위하여 빼앗아 가다니!

　　　　3
중년 남자가 변심한 여자 친구를 만나고 오는 길에
유치원 놀이터로 차를 몰아 어린애를 죽였다
그 남자는 더 많은 사람을 죽이고 싶었다고 한다

소년의 어머니는 퇴근 길에 유치원을 들르지 않고
혼자 집으로 가겠지
무척 쓸쓸한 저녁 밥상
어디선가 엄마 부르며
달려올 것 같은 밤들
이 아픔은 무덤까지 가지고 간다는데

소년은 소방서원이 되고 싶다고 했다는데
하나밖에 없는 생명을 분풀이감으로 삼다니!

# 개미의 죽음

아내와 아이들이 기다리는
즐거운 집으로 가는 길에
김 선생이 개미들을 밟아 죽였다.

살생을 하다니
십악+惡 중에서 가장 큰 죄
재판을 해야지
개미에겐들 죽음의 고통이 없겠는가?
비명횡사가 두렵지 않겠는가?
김 선생에게는 죄의식이 없다
정상 참작을 말아야지

어느 법을 적용할까?
인도의 법에는 형벌 조항이 없다.
예루살렘의 법에도
현대 미국의 법에도
개미는 보호되지 않는다

김 선생은 무죄
콧노래 부르며
집앞의 개미들을 탁탁 밟아 죽이고
대문을 연다

즐거운 집
행복한 가장 김 선생

# 자유 시민의 노래

        1
2월
3월
4월
바람 많이 불고
눈
비
지금 5월인데
길은 아직도 얼어 있구나

        2
오랫동안 독재자의
창
칼
총으로 무찔리고
동상에 걸린 발들이 거리에 모이고
언 손들이 서로 서로를 잡고서
자유
평등
정의 외치던 허공
이제 하늘이 새벽을 깨우고
먼 숲에서 기적이 울려온다

3
가장 무서운 것은
소수에 대한 다수의 독재
형제와 친구의 가슴을
무찔러 버리는 잔인한 깃발들
이제 크나큰 증오를 등 뒤로 하고
휘파람 불면서 어디로 가는가


4
눈에는 눈
입에는 입
손에는 손으로 갚아야 하는가
우리를 무찌른 자들이
오만한 탐욕의 노예 되어 있고
우리는 또한
편견과 증오의 노예 되어 있다
우리는 서러워해야 한다
차라리 통곡해야 한다


5
이제 우리가
자유를 위해서

평등을 위해서
정의를 위해서
형제를 죽이고
친구를 무찔러 버릴 수 있는가
우리 모두가 가슴속 깊숙이
죄와
슬픔 간직하고 있지 않은가


6
아직은 그들이 강하다 할지라도
해방되어야 할 노예에 지나지 않다
그들과 우리는 다함께 우리가 되어
전쟁이 부수고 지나간 거리에
모여서 참회의 눈물을 흘려야 한다
닫힌 가슴 열고
증오로 눈먼 오랜 방황 끝내자
스스로를 자랑할 수 있는
자유인의 노래를 부르자
우리들은 자유 시민
사랑을 노래하리라

# 산일散日의 애사哀詞

등대 앞 모래언덕
메마른 풀들이
누워서도 흔들리고
예쁜 꽃들이 떨고 있었다

해질 무렵엔
바람이 많이 불었고
검은 구름 떼지어 지나가는
바다, 쓸쓸해져 있었다

작은 꽃들을 놔두고
떠나는 것이 옳지 않다는 생각이 들어
그 꽃들과 풀들에게 약속을 했다
"내년에, 그리고 해마다 돌아오겠다"

그 뒤로 30년이 지나고
나는 한번도 돌아가지 않았다
계절이 바뀔 때마다
그 작은 꽃들이 생각나지만
나는 훌쩍 떠나지 못하고

바람 부는 날 산에 오르면

남가주의 풀숲에도
예쁜 꽃들이 떨고 있다
산정에서는
그립고 쓸쓸한 바다가 보인다

# 어떤 임종臨終

오늘은 김 여사가 세상을 떠난 지 일 년이 된다.
그날처럼 바람이 많이 분다.

암이 골수에 퍼져 통증이 몹시 심했다.
"나는 곧 죽을 거예요.
내가 죽어도 모두 잘살 거예요.
그이는 애들을 잘 키우고 재혼도 하고
저녁 밥상에 나 대신 어느 여인이 앉아 있는 것 말고는
아무것도 달라지지 않으리라는 것이
나를 지독히 슬프게 하네요.
그이는 나를 학대했고 그때는 복종이 나를 편하게 했
어요.
기쁘기까지 했어요. 유방암이라는 진단이 내려지고
그이가 나를 정성으로 간호하던 밤, 문득
그이가 나를 사랑하지 않는다는 것을 알았어요.
그때까지 받아온 학대를 생각하고 몸서리쳤어요.
그이에게 복수하고 싶었어요. 그런데 이렇게 빨리 죽
어 가네요.
증오하며 죽을 것 같아요. 무서워요.
일찍 죽는 사람에게는 분노할 권리가 있을 것 같아
요."
며칠 뒤

김 여사의 남편과 목사와 교인들이 기도를 드리고 찬
송가를 불렀다.
"아무것도 안 보여요. 나를 축복해 주시는군요."
그리고 김 여사는 눈을 감았다.

조금 있으면 나는 김 여사의 남편과 식사를 하고 소
주를 마실 것이다.
창밖엔 바람이 많이 불고 꽃잎들이 눈처럼 쌓이고 있
다.

# 겨울 강가에서

나는 쫓기고 있었다
숲 사이로 난 비포장 도로를 뛰었고
회색 벽돌로 지어진
낡은 정류장에서 버스를 탔다
붉은 먼지를 일으키고
헐떡거리며 아주 멀리 갔다

그 뒤로
나는 여인들의 웃음소리를 들으며
누군가의 꿈속에서 살았다
세월은 빨리 지나갔다

오늘은 나무들 사이에서
태양을 사모하던 시절이 그리웁고
꿈속에서 나가고 싶어 견딜 수 없어
겨울강을 따라 걷는다
어떻게 해서 남의 꿈속에 들어왔을까
꿈의 출구는 어디에 있는가

바람은 차고 해빙은 아직 멀리 있다
어디에도 꿈의 출구는 보이지 않는다
그러나 강을 따라가자

봄이 멀리 있는
외딴 겨울 강가에 다른 길이 없다

# 정처 없는 바람이 되어

출가出家하기 전날 낡은 문 뒤에
가면들과 헌옷들을 벗어 놓았는데
얼굴 한 개는 가면을 쓴 채로 앞서 떠났다

오래 정든 도시에서 있었던
모든 슬펐던 일들과 기뻤던 일들 함께 묻어 두고
웃으며 떠나고 싶었지만 마지막 밤에야 알았다
무덤 속에 감추고 비석을 세운다 해도
주인 없는 이름은 거리를 떠돌다가 넘어진다는 것을

가슴 찢어질 듯 아프던 날들의 추억
어두운 하늘의 별이 되어 있구나
우주의 깊은 어둠 속을 불어 가는 바람
외딴 별에 머물다 떠나고
별들은 슬픈 사랑이 되는구나

이제 도시를 떠나 정처 없는 바람이 되어
이름도 버리고
인연도 짓지 않고
다시는 한 개의 가면도 쓰지 않고
땅끝까지 가서
죄와 사랑의 슬픔을 노래 부를 것이다

운명은 잔인해도 인생은 아름다운 것
땅끝 어느 바닷가에 바람이 머물면
붉은 노을이 무척 아름다운 바다에
수없이 많은 그리움과 아쉬움의 파도가 밀려오고
나는 드디어 고해성사를 할 것이다
밤이 깊어지면 나의 아름다운 별들과 함께
신을 찬미하는 노래를 기쁨으로 부를 것이다

# 슬픈 풀잎피리

들고 있는가
연인아
아름다운 바다의 정령精靈아
절애絶崖 위에 머물다 가는
무은無垠에서 오는 피리소리를

단단한 지각 무너져 내리고 하얗게
씻겨진 모래 위에 억만년 넘어지고도 남은
인연 바다 가득히 밀려오는
애욕의 해변에서
파계한 우리가 아니더냐

두 번 다시 지나가지 못할
무상한 해변에서
혼신을 다하여 사랑하고자
파계한 우리가 아니더냐

들고 있는가
아름다운 바다의 정령아
절애 위에 머물다 가는
슬픈 풀잎피리로 부르는
사랑과 죽음의 노래를

무은에서 오는 노래를

# 꿈의 방목장

록키 산맥 해발 천오백 미터
숲속의 조그만 호수
호숫가의 간이역에는 역사도 역무원도 없다
역 주변에도 집 한 채 없다
벌목장으로 가는 비포장 도로 하나가 있어서
하루에 몇 번 목재를 실은 짐차가 왔다갈 뿐
사람이 살고 있다는 흔적이 없다

숲속 그늘에 앉아
옷에 붙어 있는 수백 개의 도꼬마리 씨를 떼어내고
눈 덮인 산정과 구름 한 점 없는 하늘을 보다가
간이역 근처 숲속에서 살고 싶어졌다
세상의 인연이란 어쩌면 도꼬마리 씨 같은 것
이름도 없이 벌목장에서 일하며 살다가 죽으면
내가 이 세상에 살았다는 흔적이 어디에 남을까
염소를 방목하며 살아도 참 좋겠다
이런 생각을 하다가 떠나는 기차에 몸을 실었다

기차가 떠날 때
호수와 숲 위로 파란 바람이 불었고
내 영혼은 간이역에 남아서 꿈꾸고 있었다

그 뒤로 나의 영혼은 때때로 그 간이역 근처
파란 바람이 부는 꿈의 방목장으로 간다

# 겨울 바닷가에서

백치가 되어 바닷가에 왔는데
끝없는 그리움은 어디서 오는가

바위 절벽에 부딪쳐 부서지는 파도는
어찌하여 자꾸 밀려오는가
부서지는 아픔을 무엇으로 견디는가

언덕에는 시들어 누운 풀들이
바람에 흩어지는 풀씨들을 껴안고 있다
춥고 긴 겨울을 견디는 힘은 어디서 오는가

백치가 되어 돌아온 땅끝 바닷가에
끝없는 그리움이 남아 있구나

# 5 · 맨해튼의 염소

# 성문城門 앞에서

꼬리가 살찐 검은 개가 성문을 지키고
양들이 초원에서 풀을 뜯고 있다
염소는 성문 안으로 들어가지 못한다

잔풀들 말라 가는 언덕을 오른다
검은 구름을 몰고 오는
바람으로 돌아오겠다고 서원을 하고
염소는 목마른 바람이 되어 떠난다

이국의 먼 도시를 방황하는
부은 발의 아픔이여
돌아오지 못하는 밤들의 슬픔이여

# 배꼽의 흉터

아흔아홉 개 가면을
다 벗고 나면
나는 없고
배꼽의 흉터만 남는다

배꼽은
아들에게 물려줄 유산
우주로 통하는 문인데

그 문을 열면
태초부터 오늘까지 흐르는
수액의 강이 있는데

거리에는 소금기둥이 있고
얼굴도 없고 이름도 없는 것들이 와서
무슨 인연 때문에 형벌을 받고 있는가

끝없이 이어진
길과 성벽과 폐허로 된 흉터
배꼽을 덮고 있다

# 赤과 黑의 都市

고층 건물들 사이 잿빛 바람 불고
광장의 중앙에는 오른팔이 잘려 나간
제왕의 동상이 쇠사슬에 묶여 있다

아직 해가 하늘에 있는데
빨간 가면을 쓴 사제들이 행인들을 강간하고 있다
아파트의 창문들이 하나씩 닫힌다
검은 제복을 입은 병사들이 총을 쏘고
거리를 가로질러 가던 남자들이 넘어진다
여인들이 아이들을 껴안고 골목으로 사라진다

도시에 밤이 오면
제왕의 동상 주위와 광장의 여기저기에
검은 외투를 입고 빨간 가면을 쓴 사람들이 모이고
가면 무도회가 시작된다

# 모반의 거리

오염된 강들이 모이고
바다는 밤마다 안개를 퍼 올린다
도시는 아침까지 짙은 안개에 덮인다
아무도 깊이 잠들지 못하고
잠에서 완전히 깨어나지도 못한다

회색 바람 불어 안개 걷히면
고층 건물들 사이 갈색 태양이 걸리고
그림자들이 거리를 활보한다
그들은 상점을 열고
남의 목숨까지 흥정한다

고층 건물과 웅장한 성전을 짓고
검은 제복의 군대가 거리를 지켜도
불신과 모반의 거리에서
성한 몸으로 집에 돌아오지 못한다
집에 돌아와서도 깊이 잠들지 못한다

# 노숙露宿

상점들의 문이 닫히고
지하철역이 텅 빈 뒤엔
거리들이 정글로 뒤덮인다

염소들 오른손에 칼을 쥐고
왼손에 술병을 들고
노폐물 사이에 머리를 낮춘다

개들이 쓰레기를 뒤집고 서로 싸운다
쥐들이 생선의 뼈를 물고 다닌다
시궁창에 빠져 죽은 쥐들을
구더기들이 뜯어먹는다

정글 속은 악취로 가득 차고
어둠 속에서는 어떤 범죄도 응징되지 않는다
정글로 변한 거리에서
밤을 새우는 것은 용기가 있다 하겠지만

염소는 용기가 있어서 노숙하는 것이 아니다
피할 수 없는 선택
온몸을 부들부들 떨며 선 채로 밤을 지샌다

# 바다를 찬미하다

도시들의 하수구에 버려진
폐수 때문만이 아니다
하늘을 덮고 있는 검고 푸른 구름
여름 내내 도시에 내린 검은 비
죄의 역사여
오염 되지 않은 강이 어디 있으랴

맨해튼에는 오염된 강들이 모여
바다에 이르고
무수히 많은 푸른 독을 바다에 버린다
스스로의 이름도 버린다
죄의 역사가 깊고 넓은 바다에서 정죄된다

하구에 단壇을 쌓고
염소들 노래 부른다
콩고 벨페스트 티그리스 강들이여
맨해튼에 와서 흘러라
모든 재앙을 이겨 낼
바다를 찬미하는 노래를 부른다

# 여신이여 임신하소서

살 썩는 냄새가 나는 폐허 된 거리에
여신의 신전이 있다

고환이 어물전으로 쫓겨나
고등어 눈알이 되어 있던 시절에
신전을 찾아와 무너져 내리는 벽에 기대어
여신을 얼마나 간절하게 기다렸던가

여신은 잠자고 있다
염소는 치맛자락을 들치고
여신의 자궁을 애무한다
여신이여 깨어나소서

깨어나서 염소의 아기를 임신하소서
양의 아기를 임신하소서
늑대의 아기도 임신하소서
모두가 여신의 자식이 되게 하소서

잠자는 여신의 가슴에
염소가 얼굴을 파묻는다
비린내가 난다
여신이여 잠에서 깨어나 임신하소서

# 다시 시작하는 巡禮

눈부신 봄바다
그리움이 끝없이 밀려온다

염소여
외롭지 않는 생이 어디 있느냐
삶에도 죽음에도 친숙한 노래를 부르자

염소여
부활을 믿고
다시 순례를 떠나자

# 이방인의 고뇌와 갈등을
# 서정적으로 읊어

윤병로

# 이방인의 고뇌와 갈등을
# 서정적으로 읊어

윤병로 ‖ 문학평론가 · 성균관대 명예교수

재미교포 시인 기영주의 시집 《맨해튼의 염소》의 출간에 앞서 필자에게 해설을 위해 넘겨진 수록 시편들을 꼼꼼히 정독, 감상하게 되었다.

기영주 시인은 69년 미국으로 건너가 의료업에 종사하면서 95년 미주 중앙일보 신춘문예에 시 〈날마다 똑같은 세상을 삽니다〉로 입선 후 다음 해 「시조문학」에 시조 〈비탈에 선 나무들〉이 추천된 후 시작에 정진해서 많은 가작시를 발표해 왔다.

나는 이번에 새로 상재되는 《맨해튼의 염소》의 시세계를 답사하면서 기영주 시인에 대한 각별한 의구심이 환기되었다.

시인 기영주, 그는 분명히 한국인이면서 미국에 이주해 의사로 활동하는 바쁜 일상에서 어떻게 시창작에 몰입할 수 있었을까. 더욱이 그의 시세계가 일관되게 한국적 정서를 물씬 풍기면서 고독한 이방인의 깊은 고뇌와 갈등을 세련된 서정적 시어로 담아내고 있는 뛰어난 시적 능력에 감복했기 때문이다.

실상 기영주 시인과 나는 그동안 일면식도 없을 뿐

아니라 아무런 인연도 없었다. 시집 원고를 통독하고 난 뒤 기 시인과의 짧은 전화 통화를 통해서 그에 대한 나의 몇 가지 궁금증이 말끔히 씻어질 수 있었다.

기 시인은 젊은 시절의 소망은 의학이 아니라 철학이었다는 것, 타의로 의사로 입신해서 미국의 이민 생활에서도 그 집념을 저버리지 않았다는 사실, 그래서 동양과 서양의 철학세계를 넘나들면서 인간의 근원적인 삶의 의미를 깊이 반추하면서 살고 있다는 결연한 뜻을 들려주었기 때문이다.

의사의 생업을 오랫동안 성실히 지속하면서 그토록 열정적으로 시작에 도전, 이 같은 훌륭한 시편을 출산할 수 있었다는 시인의 투철한 정신을 알게 된 것이다.

기영주 시인의 첫 시집 《맨해튼의 염소》는 그 제명의 이미지에서 시적 주제의 안팎을 간파하게 된다. 지난해 9 · 11테러로 전세계에 충격을 안겨 주었던 생생한 현장, 뉴욕의 맨해튼을 쉽게 떠오르게 한다. 이 모반의 거리 밑바닥에 소외된 삶의 모습이 '맨해튼의 염소'로 상징된 것이리라. 더 확대하면 고국을 떠나 먼 고국에 대한 절절한 향수를 되새김질하는 시인의 자화상으로 다가온다.

이제 기영주 시인의 애절한 향수가 충만된 시집 《맨해튼의 염소》의 시세계를 차근히 산책해 본다. 서장 〈순례자의 노래〉를 비롯해서 전 5장의 구성으로 짜여진 다양한 시편들이 독특한 화음으로 독자의 가슴에 파장을 일으키기에 충분하다.

먼저 기 시인의 인간적 체취가 물씬 풍기는 사모곡思
母曲으로 읊은 〈어머니의 손〉을 따뜻한 정감으로 만나
게 된다.

두 손을 잡아 본다
따뜻하다
추운 겨울 내 언 손을 감싸 주시던 손
어머니
내일이면 저는 떠납니다
이생에서 어머니의 손을
몇 번이나 더 잡아 볼 수 있을는지

– 〈어머니의 손〉 중에서

주무시는 노모의 모습을 애처롭게 바라보면서 내일
이면 어머니와 석별하게 되는 시인의 비감어린 목소리
가 찡한 여운을 남게 한다.
사랑하는 조국땅을 등지고 먼 이국땅에서 이방인으
로 외롭게 유랑하는 시인의 비가悲歌는 〈이제 가을이
오고〉에서 절창으로 읊어 내고 있다.

검은 구름이 덮고 있는 도시에서
나는 이름 없이 살고 있다
아무도 나의 이름을 부르지 않는다
타국에 유랑하는 사람은 이름을 고국에 남겨두고
부운 발로 이국의 거리를 떠돈다.

이제 서리 내리는 가을이 오고

아 나는 돌아가야겠다
나의 이름이 있고 눈물이 있는 고국으로
가을에는 돌아가야겠다


— 〈이제 가을이 오고〉 중에서


이 짧은 시구에서 유랑하는 시인의 신세가 얼만큼 비통한가를 생생하게 일깨워 준다. '나의 이름이 있고 눈물이 있는 고국으로' 돌아가야겠다는 소망이 진한 감동을 일으킨다.

기영주 시인의 절절한 향수를 생동감 있게 재현한 시 〈가방 · 2〉를 접하면 부평초 같은 이방인의 심사를 생생하게 실감하게 될 것이다.


가방 하나에다
여권과 고국에 돌아갈
여비를 넣어 놓고 살았다


아들 둘 딸 하나 키우면서
이사를 자주 다니다가
언제 버렸는지


(한 연 생략)


그래도 마음 한구석에는
그 가방이 남아 있고
푸르디 푸른 하늘에
새들이 자꾸 날아오른다

— 〈가방 · 2〉 중에서

　기 시인은 비록 이국땅에 살면서도 언제나 나그네처럼 가방 속에 고국에 돌아갈 여권과 여비를 간직하고 살았다는 대목에서 우리의 시선을 멈추게 할 것이다. 언제나 돌아가야 할 고국에 대한 향수가 그토록 지극한 것임을 일깨워 주는 시편이다.

　제2장 〈바람의 색깔〉에 포함된 시편에서 이방인의 고달프고 무미건조한 스스로의 삶을 되돌아보면서 허탈한 비탄의 목소리를 들려준다. 그 대표적 시 〈날마다 똑같은 세상을 삽니다〉를 접하면 오늘의 도시인 모두의 삶의 모습으로 공감하게 될 것이다.

아침에 일어나 부지런히 출근하고
저녁에 돌아와 신문을 읽고
아내와 일상사 이야기하고
나는 누구인가?
아흔아홉 개 가면을 벗고 보면
남은 것은 나 아닌 것뿐
나는 없는데

밤마다 꿈을 꾸고
날마다 똑같은 세상을 삽니다

— 〈날마다 똑같은 세상을 삽니다〉 중에서

　실상 이 시편이 이국의 이방인뿐 아니라 '나는 없는

데' 란 허탈한 심사가 우리 모두의 삶의 보편적 모습이
기에 그 공감대가 보다 넓게 확산될 것이다.
  한편 기영주의 시세계는 고독하기 이를 데 없는 유
랑민의 비애와 향수가 주류를 이루면서 그 깊은 저변
에는 냉철히 되씹어 보는 시 정신이 소중하게 돋보인
다.
  앞에서 기 시인은 '나의 이름이 있고 눈물이 있는
고국으로' 돌아가겠다는 소망을 소리 높여 읊었지만
〈뼈에는 이름이 없다〉에서 정작 그 이름이란 것도 허
상일 뿐 영원한 것이 아님을 절규한다.

  사막에서 말라 가는
  하얀 뼈를 보고 있다.

  도둑이었을까
  장사꾼이었을까
  아니면 순례자였을까
  사람이 죽고 남기는 것은
  뼈뿐인데

  껍질이 없어지면
  이름이 남지 않는구나

                     – 〈뼈에는 이름이 없다〉 전문


  옛 격언 '호랑이는 죽어서 껍질을 남기고 사람은 이
름을 남긴다' 에 대한 역설을 읊은 것이리라. 실상 우
리 인간도 그 알량한 이름과 명예를 위해서 몸부림치

134

지만 죽고 나면 모든 것이 허무한 것임을 일깨워 주는
시편으로 받아들여진다.

　다시 제3장 〈바람이여 노래여〉에서 기영주 시인의
인류 문명의 원천에 대한 진지한 탐색과 되새김이 치
열한 시어로 피력되어 주목된다.


　　모래에 파묻힌 발자국
　　끊어질 듯 길게 이어가는 길을 보았다
　　깨진 유리그릇 플라스틱 컵
　　모래 속에 절반쯤 파묻힌 비닐 봉지
　　뜨거운 태양과 모래 바람을 견디고
　　사람이 지나간 자국으로 남아 있더라

　　어디로 가다가 이 길 위에 머물렀을까
　　사막에도 길이 있더라
　　슬픈 역사가 흘러간 길이 있더라


　　　　　　　　　- 〈사막에 길이 있더라〉 중에서


　사막에서 '슬픈 역사가 흘러간 길이 있더라'를 크게
외쳤던 기 시인은 〈허드슨 강가에서〉에 이르러 아름
다운 허드슨 강을 찬양하면서 뜨거운 사랑의 연가를
열창하고 있다.


　　울어서는 안 되는 이별이기에
　　바람도 여린 나뭇가지에 머물다 흔들림 없이 떠나는가
　　짠물이 스며드는 가슴은 자꾸 무거워져도

무심하게 헤어져야 하는구나
아득한 강에는 눈이 내리고 있다.

(한 연 생략)

내가 떠난 뒤에
내 영혼이 오래도록 그대 곁에
아름다운 노래로 남는다면
내가 어느 가난한 거리에서 쓸쓸하게 죽는다 해도
나의 생애는 행복한 것이 되리라

– 〈허드슨 강가에서〉 중에서


이렇듯 〈허드슨 강가에서〉에서 시인의 따뜻한 사랑
의 고백을 들려주었듯이 〈마이아미 강가에서〉도 강가
에 누군가 심어 놓은 크리스마스트리를 보고 위로를
받았다고 술회한다. 그리고 그 사례로 자신도 '한 그
루 수국을 심어 놓고/소낙비 지나간 들길로 떠나야 하
리' 라고 노래했다.
　다시 〈바람이여 노래여〉에서 기영주 시인의 치열한
시 정신의 참뜻을 들려준다.

부운 발로 지나온
가난한 도시에서 불던 바람이여

자칫 상하기 쉬운 나의 생애를
여기까지 밀어온 바람이여

강가의 쓸쓸한 포구를
무심하게 불어 가는구나

나 이제 강물에 의심과 탐욕을 버리고
사랑의 아픔을 노래 부른다

- 〈바람이여 노래여〉 중에서

기 시인의 많은 시편에서 '구름', '바람'과 같은 자연과 관련된 시어가 많이 애용되어 그 이미지가 돋보인다. 이 같은 기 시인의 시적 이미지는 우리들의 삶을 대자연의 섭리와 관련시켜 투시하려는 시인의 깊은 시적 상상과 연유될 것이다.

제4장 〈겨울 바닷가에서〉에서 시세계를 대표할 두 편을 선택해 조명해 본다. 우선 〈노인의 손〉을 눈여겨 읽어 가면 세월의 온갖 풍상을 겪으면서도 한평생 가족과 교회와 그리고 국가를 위해 생을 바쳐온 고귀한 노년의 고결함을 절감케 된다.

노인의 손을 잡아 본다
거친 손금을 따라가면 강이 흐른다
한평생 가정을 위해서 열심히 일했고
교회와 국가에 충성을 다했던
크고 야윈 손이 떨리고 있다
가슴에 달린 빛나는 훈장들
그는 이름을 귀하게 여겼던 사람

한 생애가 흘러간
긴 강의 다리 위에서
그는 떨리는 손으로
퇴색한 훈장들을 쥐고 있다


                              - 〈노인의 손〉 중에서


　이 시편은 서시 〈어머니의 손〉의 시상과 연장선상에
서 돋보이지만 훈훈한 인간성과 적막한 노년의 고독감
이 유감없이 표출되었다.
　한편 〈정처 없는 바람이 되어〉를 접하면 기 시인의
진지한 삶의 모습과 치열한 시 정신을 다시 한 번 확
인하게 될 것이다.

이제 도시를 떠나 정처 없는 바람이 되어
이름도 버리고
인연도 짓지 않고
다시는 한 개의 가면도 쓰지 않고
땅끝까지 가서
죄와 사랑의 슬픔을 노래 부를 것이다

(중략)


나는 드디어 고해성사를 할 것이다
밤이 깊어지면 나의 아름다운 별들과 함께
신을 찬미하는 노래를 기쁨으로 부를 것이다


                          - 〈정처 없는 바람이 되어〉 중에서

‘땅끝까지 가서/죄와 사랑의 슬픔을 노래 부를 것이
다’라고 결연한 뜻을 가다듬으면서 ‘신을 찬미하는 노
래를 기쁨으로 부를 것이다’란 기 시인의 간곡한 기원
이 진한 여운으로 가슴에 스며든다.

제5장 〈맨해튼의 염소〉에서는 〈배꼽의 흉터〉와 〈모
반의 거리〉, 그리고 〈바다를 찬미하다〉가 각별히 눈길
을 끄는 가작들이다. 회색빛 짙게 깔린 대도시, 숨막
히는 공해 속에서 생존해 가는 가련한 도시인의 삶의
진면목이 〈모반의 거리〉에서 생생하게 부각되어 우리
가슴에 충격을 던진다.

회색 바람이 불어 안개 걷히면
고층 건물들 사이 갈색 태양이 걸리고
그림자들이 거리를 활보한다
그들은 상점을 열고
남의 목숨까지 흥정한다

고층 건물과 웅장한 성전을 짓고
검은 제복의 군대가 거리를 지켜도
불신과 모반의 거리에서
성한 몸으로 집에 돌아오지 못한다
집에 돌아와서도 깊이 잠들지 못한다

                              −〈모반의 거리에서〉 중에서

〈모반의 거리〉에서 생존을 위해서 굳세게 버티고 있
는 시인의 자화상이 역력하거니와 ‘집에 돌아와서도

깊이 잠들지 못한다'는 고백이 큰 충격을 일으킨다.

여기서 기영주 시인의 첫 시집 《맨해튼의 염소》 시 동산의 산책을 벅찬 감동으로 마친 셈이다. 기영주 시 인은 미국에서 살면서도 모국어로 정력적으로 시쓰기 를 지속해서 한 권의 시집 《맨해튼의 염소》를 훌륭히 수확했다.

그는 이국땅에 뿌리를 내리기 위해 누구보다도 성실 히 의업에 정력을 쏟아 오면서 그의 숙원이요 소망이 기도 한 시창작을 집요하게 성취해서 우리를 감동케 했다.

먼 이국의 유랑민의 노스탤지어가 짙게 밴 비가를 서정적 시어로 담아내는 데 뛰어난 재능을 유감없이 보여 주었다. 동시에 기영주 시인은 조국과 이국의 지 역을 초월해서 인간의 참다운 삶의 의미와 지향이 무 엇인지를 고뇌하면서 진실한 메시지를 담아 아름다운 시편으로 열창했기에 더욱 값지다.